Juste un instant avant la fin du monde

JEAN-PIERRE MARTINEZ

Juste un instant avant la fin du monde

La Comédiathèque
comediatheque.net

Personnages

Fred : Instituteur ou institutrice
Max : Serveur ou serveuse
Alex : Musicien ou musicienne
Sam : Conseiller ou conseillère

Tous les rôles sont indifféremment masculins ou féminins, sans changement de dialogue. Dans cette version, Max et Sam sont des hommes, Alex et Fred des femmes.

Avant toute représentation publique, professionnelle ou amateur, vous devez obtenir l'autorisation de la SACD : www.sacd.fr

© La Comédiathèque
ISBN : 978-2-37705-472-5

ACTE 1

La scène est vide à l'exception de trois chaises, une table et un réfrigérateur. Max arrive, un masque sanitaire blanc sur le nez et la bouche, et un bandeau noir sur les yeux. Il est guidé par Sam. Max est issu d'un milieu populaire. Il est habillé en conséquence. Sam est habillé en noir et peut porter des lunettes noires. Il a sous sa veste un holster garni d'un pistolet, qu'on ne verra pas tout de suite.

Max – Ça y est, on est arrivés ?

Sam – Asseyez-vous là.

Sam fait asseoir Max sur une chaise.

Max – Et les yeux bandés, c'est pour quoi au juste ?

Sam – Vous pouvez retirer le bandeau, maintenant.

Max – Et le masque ?

Sam – Le masque aussi.

Max retire son bandeau et son masque.

Max – Non mais ça rime à quoi, ce cirque ?

Sam – Ne vous inquiétez pas, vous le saurez bientôt.

Max – Ne vous inquiétez pas ? Comment voulez-vous que je ne m'inquiète pas ? Je reçois une convocation à la gendarmerie parce que j'ai été tiré au sort pour être juré d'assises. Arrivé là-bas, on me met un bandeau sur les yeux, on m'embarque dans un fourgon, et on m'emmène jusqu'ici sans aucune explication. On est où d'abord ?

Sam – Si on a pris la précaution de vous bander les yeux, ce n'est pas pour vous dire maintenant où nous sommes. Ça n'aurait pas de sens, reconnaissez-le...

Max jette un regard autour de lui.

Max – Ça ne ressemble pas à un tribunal... *(Désignant le public, un ton plus bas)* Et c'est qui, tous ces gens ? Le public qui va assister au procès ?

Sam – Je vous expliquerai tout ça quand les autres seront arrivés.

Max – Les autres ? Vous voulez dire... le reste du jury ?

Sam – Le reste du jury, c'est ça...

Max – Et on sera combien, exactement ?

Le portable de Sam sonne.

Sam – Excusez-moi.. *(Dans le téléphone)* Sam... D'accord... OK, j'arrive... *(Il range son portable.)* Je vous laisse un instant. Si vous avez soif, il y a des boissons fraîches dans le frigo.

Max – Merci...

Sam sort. Max regarde à nouveau autour de lui. Il fait le tour de la scène. Il regarde le public. Après une hésitation, il ouvre le frigo, et jette un coup d'œil à l'intérieur. Il prend une canette de bière, l'ouvre et boit une gorgée. Il semble apprécier. Il s'approche alors du public, et s'adresse à quelqu'un.

Max – Vous savez pourquoi on est là, vous ?

Si la personne à laquelle il s'adresse répond, petite improvisation pour clore la conversation. Sam revient, accompagnant Fred et Alex. Elles portent toutes les deux un masque sanitaire et ont les yeux bandés. Fred est habillée de façon assez élégante. Alex, pour sa part, a un look de rockeuse.

Sam – On est arrivés. Vous pouvez retirer les bandeaux.

Alex – Ce n'est pas trop tôt...

Fred – Les masques, aussi ? On étouffe...

Sam – Allez-y.

Alex – J'espère qu'en ouvrant les yeux, on ne va pas apercevoir un peloton d'exécution.

Fred – Ou alors un gâteau d'anniversaire... C'est peut-être une blague, après tout.

Sam – Ce n'est pas une blague, je vous assure.

Fred – D'ailleurs, ce n'est pas mon anniversaire.

Elles ôtent toutes les deux leur bandeau, clignent des yeux, un peu éblouies, et regardent autour d'elles. Elles retirent aussi leurs masques.

Alex – Où est-ce que qu'on est ?

Fred – On est au tribunal ? Le public est déjà là...

Alex – Ce n'est pas nous qu'on va juger, au moins ?

Max a toujours sa bière à la main.

Max – Pourquoi on nous jugerait ? Je n'ai rien fait, moi !

Sam – On ne vous accuse de rien, rassurez-vous. Et ce n'est pas vous qu'on va juger.

Fred – On va juger qui, alors ?

Alex – Des terroristes ? C'est pour ça que vous prenez autant de précautions ?

Max – Eh ! Je n'ai pas signé pour ça, moi ! Je tiens à ma peau.

Sam – On ne va juger personne.

Fred – Alors qu'est-ce qu'on fait là ?

Alex – On nous a dit qu'on avait été tirés au sort pour un jury d'assises.

Sam – On vous a dit pour un jury. Pas pour un jury d'assises.

Fred – Quel genre de jury, alors ?

Max – Sûrement pas le jury pour l'élection de Miss France...

Le portable de Sam sonne à nouveau. Il répond.

Sam – Sam... Oui... OK, j'arrive... *(Remettant son portable dans sa poche)* Excusez-moi, je reviens tout de suite...

Il sort. Les autres s'observent mutuellement, méfiants. Et regardent autour d'eux.

Fred – C'est un peu crasseux, pour un tribunal, non ?

Max – Je ne sais pas... Un tribunal... Jusqu'ici, je n'ai encore jamais eu l'occasion d'en voir un. Et vous ?

Fred – Moi non plus...

Alex – Vous avez trouvé à boire ?

Max – Dans le minibar. Allez-y, servez-vous...

Alex – Je vais attendre un peu... Je préfère connaître d'abord les tarifs du room service...

Max – Parce que vous croyez que c'est payant ?

Alex – Je me méfie, c'est tout.

Fred – Vous êtes arrivé avant nous. Vous êtes là depuis longtemps ?

Max – Cinq minutes, même pas. Alors vous êtes comme moi, vous n'en savez pas plus.

Fred – Non.

Alex – On nous a même confisqué nos téléphones. On est complètement coupés du monde.

Fred – Si j'avais su ce matin, en partant de chez moi, que je me retrouverais embarquée dans une telle aventure...

Max – Vous venez d'où, vous ?

Ils s'observent à nouveau prudemment.

Alex – La question ce n'est pas vraiment d'où on vient, mais où on est.

Fred – Et qu'est-ce qu'on fait ici.

Max – On a été tirés au sort, il paraît.

Alex – Ouais... Pour un jury d'assises. Mais il vient de nous dire qu'on n'était pas là pour juger quelqu'un. Alors on a quelques raisons de ne pas croire tout ce qu'on nous raconte.

Fred sort un papier de sa poche et le regarde.

Fred – C'est vrai que sur la convocation, ce n'est pas clairement précisé que c'est pour un jury d'assises...

Max – Ouais... mais c'est ce qu'on a tous compris.

Fred – Un papier à en-tête de la République, une convocation à la gendarmerie pour faire partie d'un jury. N'importe qui aurait compris ça.

Max – Et puis un jury d'assises, ce n'est pas seulement trois personnes, si ?

Alex – C'est une douzaine, je crois.

Fred – Ah oui, c'est vrai. Comme dans le film.

Max – Quel film ?

Alex – *Douze hommes en colère.*

Fred – C'est ça. Ils doivent décider s'il faut condamner à mort un innocent qui est accusé de meurtre.

Max – Je ne connais pas...

Alex – Et comme par hasard, l'accusé est un Noir.

Fred – Non, c'est juste un pauvre gosse de 18 ans.

Max – Vous l'auriez condamné, vous ?

Fred – Je ne sais pas... Il faut d'abord connaître le dossier, non ?

Max – Moi, la peine de mort, je suis pour.

Alex – Même pour les innocents ?

Max – Les innocents ? À les entendre, tous les salopards qui sont en prison sont des innocents.

Alex – Eh ben... Ça promet...

Silence pesant.

Max – Douze, vous êtes sûres ?

Fred – Il y en a peut-être d'autres qui vont arriver...

Alex – De toute façon, vous avez entendu. Il a dit que ce n'était pas pour ça.

Max – Si ce n'est pas pour un procès, c'est pour quoi ?

Fred *(plus bas en désignant le public)* – Et eux, ils savent pourquoi ils sont là ?

Max – Je leur ai demandé. Ils n'ont pas l'air d'être au courant non plus...

Fred – Alors il n'y a plus qu'à attendre... *(Silence)* Si on doit passer un peu de temps ensemble, autant qu'on se présente. Je m'appelle Fred, et vous ?

Max – Max.

Alex – Alex.

Nouveau silence embarrassé.

Fred – J'ai un peu soif, finalement. Quelqu'un veut quelque chose ?

Alex – Non, merci.

Fred ouvre le frigo et prend une canette.

Max – J'espère qu'ils ne vont pas nous garder trop longtemps, parce que je n'ai pas que ça à faire, moi. Et quand je ne travaille pas, je ne suis pas payé.

Alex – Qu'est-ce que vous faites ?

Max – Serveur. Dans une brasserie. Déjà qu'on ne peut plus ouvrir le soir. Et vous ?

Alex – Musicienne.

Max – Ah, d'accord...

Alex – Quoi, d'accord ?

Max – Pour vous non plus, ça ne doit pas être évident.

Alex – Non...

Max – Les concerts, c'est fini depuis longtemps...

Alex – On essaie de faire un album et de le diffuser sur le net.

Max – Je vois... Et vous ?

Fred – Institutrice.

Max – On est tous dans la même merde, quoi. Parce que parler à des gosses à travers un masque.

Fred – Ouais...

Max – Ça ne doit pas être évident. Surtout quand il faut leur gueuler dessus. Vous n'avez pas un peu l'impression d'avoir une muselière ?

Fred – Un peu, oui...

Max – Barman, instit, musicos... C'est curieux, avant c'était des jobs très différents. Maintenant, on est tous dans la même galère.

Alex – C'était déjà comme ça avant, non ?

Max – Quoi.

Alex – On était déjà dans la même galère.

Max – Ouais... Mais aujourd'hui, pour avoir le droit de ramer, on doit porter des masques.

Alex – Et quand on a fini de ramer, avec le couvre-feu, on doit rentrer directement chez soi, et ne plus en sortir jusqu'au lendemain matin. Métro, boulot dodo... Il n'y a pas qu'aux enseignants qu'on a mis une muselière...

Max – Ouais... Plus question de s'attarder au bistrot pour discuter avec des amis.

Alex – Ou même devant chez soi pour bavarder avec ses voisins...

Max – Nous, c'était surtout le soir qu'on travaillait. Notre chiffre d'affaires a été divisé par deux. Alors les pourboires...

Fred – Ce n'est pas la fin du monde, non plus. Il faut bien faire quelque chose pour essayer d'arrêter ça.

Alex – Ce n'est pas la fin du monde, non. C'est juste la fin d'un monde. Je ne suis pas sûre d'avoir envie de vivre dans celui qu'on veut nous imposer, au prétexte de nous protéger.

Fred – Si vous avez une autre solution...

Alex – Arrêter de vivre pour ne pas mourir, c'est ça, la solution ?

Max – En tout cas, pour l'instant, on est retenus en otage ici, sans même savoir où on est, et sans que nos familles sachent où on se trouve.

Fred – Vous êtes marié ?

Max – Non, mais je pourrais l'être. Et vous ?

Fred – Non plus.

Alex – Personne d'entre nous n'est marié. Ça nous fait au moins un point commun.

Fred – Ils nous ont peut-être choisis pour ça.

Max – Pour que nos conjoints ne risquent pas de s'inquiéter de notre disparition ?

Alex – Je croyais qu'on avait été tirés au sort.

Un temps.

Fred – J'ai un chat.

Alex – Pardon ?

Fred – J'ai un chat qui m'attend à la maison.

Alex – Et vous avez peur qu'il s'inquiète ?

Max – Les chats, du moment qu'on leur file à bouffer.

Fred – Justement, j'ai seulement prévu de la nourriture pour un jour ou deux. Je ne pensais pas qu'on pourrait nous retenir plusieurs jours d'affilée. Et puis je n'ai pris aucune affaire avec moi. Même pas une brosse à dents.

Alex – Parce que vous croyez qu'on va dormir ici ?

Un temps.

Max – Bon, moi j'en ai marre, je me casse...

Fred – Je ne suis pas sûre qu'on ait le droit.

Alex – Le droit ?

Max – En tout cas, je vais fumer une cigarette dehors, et essayer de savoir où on est.

Il s'éloigne en coulisses.

Alex – Qu'est-ce que vous en pensez, vous ?

Fred – Le type a dit qu'il allait revenir.

Alex – Ah, oui... Sam...

Fred – Sam ?

Alex – Le flic ! Celui qui nous a emmenés ici. C'est comme ça qu'il s'appelle, non ? Au téléphone, il a dit Sam.

Fred – Ah oui, peut-être.

Alex – De toute façon, ce n'est sûrement pas son vrai nom.

Fred – Vous croyez que c'est un flic ?

Alex – J'espère... Parce que si ce n'est pas un flic...

Fred – Vous voulez dire... qu'on pourrait nous avoir enlevés ?

Alex – Je ne sais pas.

Fred – Mais enfin... pourquoi on nous aurait enlevés ?

Alex – C'est peut-être un agent de la sécurité intérieure, ou quelque chose comme ça.

Fred – Ils vont bien finir par nous dire ce qu'on fait là et ce qu'on attend de nous.

Alex – Ouais... Sûrement...

Max revient.

Fred – Alors ?

Max – On est enfermés.

Alex – Quoi ?

Max – Il n'y a qu'une porte. Elle est fermée à clef. Et c'est une porte blindée.

Alex – Donc, c'est officiel. On nous retient prisonniers.

Ils digèrent tous cette information.

Fred – C'est peut-être pour nous protéger...

Max – Nous protéger ? De quoi ?

Fred – Je ne sais pas.

Sam revient.

Sam – OK, on va pouvoir commencer...

Alex – Si vous nous disiez d'abord pourquoi on est enfermés à clef ?

Sam – Je vais tout vous dire, mais d'abord je me présente. Je m'appelle Sam, et je suis le conseiller spécial du Président...

Fred – Le Président ? Vous voulez dire... le Président de la Cour d'Assises ?

Sam – Non... Le Président. Le Président de la République.

Stupéfaction générale.

Max – Le Président de la République ?

Sam – Son conseiller spécial, oui. Enfin, l'un d'entre eux. Comme vous pouvez l'imaginer, il y en a plusieurs.

Alex – Mais qu'est-ce que c'est que cette histoire ?

Fred – C'est une plaisanterie.

Sam – Ce n'est pas une plaisanterie. Et si vous voulez bien me laisser parler, je vais tout vous expliquer.

Max – J'ai essayé de sortir, et la porte était fermée. Si vous commenciez par nous expliquer ça.

Alex – Est-ce qu'on est retenus prisonniers ici ? Parce que si c'est le cas, c'est totalement illégal, et j'exige de parler à un avocat.

Sam – Je vous demande juste quelques instants de patience. Nous avons une affaire importante à régler. Et en attendant, en effet, personne ne doit sortir d'ici.

Alex – Et si je veux sortir quand même ?

Elle fait un pas en avant.

Sam – Je ne vous le conseille pas.

Le ton qu'il emploie est sans appel. Il écarte très à propos un pan de sa veste, et on découvre pour la première fois qu'il porte un pistolet à la ceinture.

Fred – Vous êtes armé ?

Alex – Et vous nous menacez ?

Sam – Je porte une arme, oui. Mais c'est d'abord pour vous protéger.

Max – C'est ça... Pour nous protéger de nous-mêmes... On connaît la musique...

Le portable de Sam sonne à nouveau.

Sam – Je vous demande pardon... *(Dans le téléphone)* Non, non, tout va bien... J'ai la situation bien en main, je vous assure... Oui, évidemment... Bien sûr...

Il sort.

Alex – Je suis sûre qu'on est filmés.

Fred – Vous voulez dire... que ce serait pour un film ? Une caméra cachée, une émission comme ça ?

Alex – Filmés ! Des caméras de surveillance ! Vous avez bien vu. J'ai fait mine de vouloir sortir de force, et aussitôt on lui a proposé du renfort.

Silence.

Fred – Le conseiller du Président de la République...

Max – C'est dingue.

Alex – Si c'est vrai, ça veut dire qu'il s'agit d'une affaire d'État et qu'on est entre les mains d'une police parallèle, qui agit peut-être en dehors de tout cadre légal.

Max – Mais qu'est-ce qu'on a à voir là-dedans, nous ? On n'est pas des terroristes ! Enfin pas moi, en tout cas...

Fred – C'est un cauchemar, on va se réveiller.

Alex – Remarquez, il y a des cauchemars dont il vaut mieux ne pas se réveiller.

Max – Qu'est-ce que ça veut dire ?

Alex – À quoi rêve un condamné à mort la veille de son exécution ? Et même s'il fait un cauchemar, est-ce qu'il ne préférerait pas continuer à dormir ? Plutôt que de se réveiller dans sa cellule, et d'entendre le bourreau affûter la lame de la guillotine dans la pièce d'à côté.

Fred – Merci de nous remonter le moral...

Alex – Désolée, je ne suis pas d'un naturel optimiste.

Max – Oui, on avait remarqué.

Alex – Mais vous ne croyez pas que le monde dans lequel on vit est déjà un cauchemar ?

Fred – Vous exagérez un peu, tout de même...

Alex – Vous dites ça parce que vous faites partie, comme moi, des gens relativement privilégiés. Si vous viviez en Irak ou dans la bande de Gaza ?

Fred – Ce n'est pas drôle pour tout le monde, c'est sûr.

Alex – Même dans notre pays, il vaut mieux habiter à Versailles qu'à La Courneuve, non ?

Max – Et même quand on n'habite pas La Courneuve... Avec tout ce qui se passe maintenant. Ce n'est plus comme avant, c'est sûr...

Alex – On ne s'en rend même plus compte, parce que c'est arrivé petit à petit. Mais si on regarde dix ans en arrière...

Max – Remarquez, ce n'est pas faux... Avec tous ces étrangers qu'on accueille en France. Réfugiés politiques, réfugiés économiques, réfugiés climatiques... Et après on s'étonne de voir arriver chez nous des nouvelles maladies...

Alex – Je ne parlais de ce genre de maladies... Je parle de cette dictature rampante qu'on nous impose peu à peu. Dans dix ou vingt ans, la nouvelle génération n'aura jamais rien connu d'autre, et c'est nous qu'on prendra pour des fous.

Fred – Excusez-moi de vous poser cette question, mais... est-ce que quelqu'un, ici, a quelque chose à se reprocher ?

Alex – Alors ça y est... Cette fois on y est...

Fred – On nous retient ici contre notre volonté. Donc tout ça ressemble à une arrestation. Il doit bien y avoir une raison.

Max – Et vous, bien sûr, vous n'avez rien à vous reprocher.

Fred – À part un ou deux excès de vitesse il y a des années de ça, non, je ne vois pas. C'est peut-être une erreur judiciaire.

Max – C'est ça. Une erreur judiciaire. Vous voulez dire en ce qui vous concerne, j'imagine. Mais nous, vous nous demandez si on a quelque chose à se reprocher.

Fred – Ou alors, c'est une affaire de terrorisme... Dans ces cas-là, c'est souvent assez embrouillé, et parfois les enquêtes sont à la limite de la légalité.

Alex – Non mais on nage en plein Kafka, là ! On nous arrête sans aucun motif, et bientôt ça va être à nous de découvrir tout seuls de quoi on pourrait bien être coupables...

Fred – De toute façon, on ne va pas tarder à le savoir...

Sam revient.

Sam – Bien... Je préfère vous prévenir, ce que j'ai à vous dire n'est pas facile à entendre. Je dirais même que c'est assez difficile à croire. Mais c'est pourtant la vérité.

Max – Ça fait déjà un moment qu'on est là, et on aimerait bien rentrer chez nous, alors si vous pouviez nous épargner les préliminaires...

Sam – Je comprends votre impatience, et je serai donc on ne peut plus direct. Ce que j'ai à vous annoncer c'est... la fin du monde.

Les trois autres se figent.

Noir

Acte 2

Consternation d'Alex, Fred et Max, entre incrédulité et angoisse. Sam reste de marbre.

Max – La fin du monde ?

Alex – Justement, on en parlait avant que vous arriviez... Parce que vous n'allez pas le croire vous non plus, mais le monde qu'on aimait, il n'existe déjà plus depuis longtemps.

Max – La moitié de la population est au chômage, les gens sont prêts à accepter n'importe quoi pour toucher un salaire de misère.

Alex – On meurt dans les hôpitaux parce que soit-disant il n'y a pas assez de lits, et au lieu d'en construire de nouveaux, des hôpitaux, on augmente le budget de la police et de l'armée.

Fred – Oui, enfin... ce n'est pas la fin du monde, tout ça. C'est pour notre bien. Et puis c'est provisoire, non ?

Max – Un provisoire qui dure depuis plus de dix ans, vous appelez ça comment ? Moi j'appelle ça du définitif.

Alex – L'état d'urgence est devenu la règle, le couvre-feu est permanent, toutes les libertés publiques ont été peu à peu suspendues...

Max – Et les gens ne peuvent même plus aller se saouler la gueule entre amis au bistrot pour oublier tout ça.

Fred – Mais dites-nous Sam... c'est ça que vous appelez la fin du monde ?

Sam – Non, chère madame, malheureusemênt. Ce dont je parle, c'est la destruction totale de notre planète.

Alex – La destruction totale ? Vous voulez dire... une guerre nucléaire ?

Sam – Non, pas une guerre nucléaire.

Fred – Alors quoi ? La pollution, le réchauffement climatique, la montée des eaux, ce genre de choses...

Max – On nous rebat les oreilles avec ça depuis des années. Ce n'est pas pour demain, non ? Alors c'est pour discuter de ça qu'on nous a fait venir en urgence jusqu'ici, avec un bandeau sur les yeux ?

Sam – Il ne s'agit pas non plus d'une dégradation progressive des conditions de vie sur notre planète. Je parle de la fin de la vie sur Terre, et ceci dans un avenir très proche.

Silence.

Fred – Expliquez-vous.

Sam – Comme vous le savez, chaque année, notre planète entre en collision avec des milliers de corps célestes de tailles très diverses. La plupart sont suffisamment petits pour être totalement désintégrés lors de leur entrée dans notre atmosphère. Certains, de taille plus importante, causent des dégâts mineurs. D'autres enfin sont d'une dimension assez grande pour pouvoir provoquer une catastrophe majeure.

Fred – Pour ça, il faudrait que la Terre soit impactée par un très gros astéroïde, non ?

Sam – Pas forcément, hélas. À partir de quelques centaines de mètres de diamètre, la fin de la vie sur Terre n'est plus une probabilité, mais une certitude.

Silence.

Alex – Et donc ?

Sam – Les scientifiques ont détecté il y a déjà plusieurs années l'existence d'un très gros astéroïde fonçant droit vers la Terre. Ils ont affiné leurs calculs au fur et à mesure qu'il s'approchait de nous, et la collision est maintenant certaine.

Fred – Gros comment ?

Sam – Mille kilomètres de diamètre.

Silence.

Max – Et il n'y a rien qu'on puisse faire pour empêcher ça ? Je ne sais pas moi. Envoyer une bombe atomique sur cet astéroïde pour le fracturer...

Fred – Un rayon laser pour dévier légèrement sa trajectoire ?

Sam – Dans les films de science-fiction, peut-être... Ou alors avec un objet de taille beaucoup plus modeste. Jusqu'à un kilomètre de long, éventuellement. Même si ça n'a jamais été tenté auparavant. Mais là on parle d'un objet monstrueux, aussi grand que la France... Aucune technologie sur Terre n'est capable de dévier le moins du monde la trajectoire d'un astéroïde de cette taille...

Silence.

Max – C'est une blague...

Sam – J'aimerais pouvoir vous dire que oui, je vous assure. J'ai une famille, moi aussi. Une femme. Des enfants... J'ai peur de les perdre. Et comme vous, j'ai peur de mourir.

Fred – Mais enfin... comment se fait-il que nous n'ayons jamais entendu parler de ça jusqu'à aujourd'hui ? On ne peut pas garder secrète une information de ce genre. Les journaux en auraient parlé...

Alex – Les journaux... Je vous rappelle que nous avons renoncé depuis bien longtemps à la liberté de la presse. La censure préalable a été rétablie. On a de nouveau un Ministère de l'Information, comme au temps du Général De Gaulle !

Sam – En effet, vu les conséquences tragiques que va entraîner inéluctablement cette collision, les scientifiques du monde entier ont été priés par leurs gouvernements de ne pas divulguer cette information pour éviter la panique.

Fred – Et ils ont tous accepté de se taire ?

Sam – Ceux qui n'ont pas accepté y ont été contraints.

Max – Vous voulez dire qu'ils ont été emprisonnés ?

Alex – Ou exécutés...

Sam – La plupart ont compris d'eux-mêmes que c'était inutile d'affoler la population, puisque de toute façon, il n'y a aucune issue.

Max – Il me semble avoir lu quelque chose à propos de ça il y a des années déjà.

Sam – Quelques informations ont fuité, en effet. On s'est arrangés pour les présenter comme des fake news. Des spéculations de ce genre apparaissent régulièrement quand la presse n'a rien d'autre à se mettre sous la dent. La probabilité d'impact est généralement très faible ou l'échéance très lointaine.

Fred – Et là, quelle est l'échéance ?

Sam – Un mois.

Silence.

Fred – Et vous dites qu'il n'y a aucun doute ?

Sam – On n'est jamais sûr à cent pour cent, mais aujourd'hui, la probabilité est de 99,99%. C'est une quasi certitude.

Un temps.

Alex – Et si on ne vous croit pas ?

Sam – Quel intérêt aurions-nous à vous mentir ?

Alex – Vous nous mentez déjà depuis longtemps, non ? Au sujet de cette pandémie qui nous a frappés il y a des années. Vous en avez profité pour instaurer une dictature, qui a l'avantage pour vous d'être plébiscitée par la moitié de la population.

Sam – Nous avons été élus démocratiquement.

Alex – Oui, c'est bien ce que je disais... La démocratie... Les gens sont des moutons. Pourvu qu'on leur promette de veiller sur eux, ils sont prêts à suivre n'importe quel berger, et à obéir à ses chiens. Du moment que la route est sûre et qu'en chemin on les protège des loups, ils préfèrent oublier que la destination finale, c'est l'abattoir.

Silence.

Sam – Je vais vous faire un autre aveu pour vous prouver ma sincérité...

Max – Je crains le pire...

Sam – Cette pandémie était bien réelle au départ. Mais c'est vrai, nous en avons quelque peu exagéré les conséquences pour justifier la mise en place progressive d'un régime d'exception.

Fred – Mais enfin... pourquoi ?

Sam – Les scientifiques nous avaient déjà alertés sur l'imminence de cette apocalypse. C'était le moyen de préparer peu à peu la population à des mesures beaucoup plus radicales. Pas pour éloigner cette menace, puisqu'elle est malheureusement inévitable. Mais au moins pour éviter le chaos qui aurait précédé cette fin du monde si elle avait été annoncée à tous.

Alex – Donc vous reconnaissez qu'on a bien été manipulés.

Sam – Oui, mais pas pour les raisons que vous pensiez.

Max – Et toujours pour notre bien, évidemment.

Silence.

Fred – Admettons qu'on vous croit. Pourquoi nous mettre au courant maintenant ?

Max – Et pourquoi nous ? Nous trois. Pourquoi nous avoir choisis ?

Alex – On n'est pas des scientifiques ! On n'a aucun pouvoir. On ne peut pas faire de miracles à votre place !

Sam – Nous n'en sommes plus à chercher des solutions, hélas. Car il n'y en a pas.

Max – Alors qu'est-ce qu'on fait là ? Au lieu de profiter du mois qui nous reste à vivre...

Sam – Si on vous a fait venir ici, c'est pour... *(Son portable sonne.)* Excusez-moi. *(Il prend l'appel.)* Oui, Monsieur le Président...

Il sort. Les autres restent un instant silencieux.

Max – Vous y croyez, vous, à tout ça ?

Alex – Je ne sais plus... Et vous ?

Fred – Pourquoi on nous raconterait une histoire pareille si ce n'était pas vrai ?

Max – Ou alors c'est un jeu...

Fred – Un jeu ?

Max – Ça ressemble à un escape game, non ?

Fred – Un quoi ?

Alex – Un jeu d'évasion ! On enferme plusieurs personnes dans une même pièce, et le jeu consiste à trouver ensemble la bonne solution pour en sortir.

Max – Sauf que là, l'endroit où on est enfermés c'est la Terre, et qu'apparemment, il n'y a aucun moyen de s'en sortir.

Alex – Si on nous laissait déjà sortir d'ici...

Silence. Fred finit sa canette et ne sait pas quoi en faire.

Fred – Je n'ai pas vu de poubelle jaune...

Max – Qu'est-ce qu'on en a à foutre de recycler les canettes si on va tous mourir dans un mois.

Fred – Ouais, évidemment...

Max – Ça fait des années qu'on se fait chier à trier nos déchets pour sauver la planète, et maintenant on nous annonce que la fin du monde, c'est dans un mois ! C'était bien la peine...

Fred – Vous croyez vraiment que c'est ça la question ?

Max – Ah oui, c'est vrai, pardon, vous êtes une maligne, vous. Vous êtes institutrice. Alors c'est quoi la question, d'après vous ?

Alex – On aimerait bien le savoir, justement. Puisqu'apparemment, on est censés y répondre.

Sam revient.

Sam – Excusez-moi... Où en étions-nous ?

Max – Qu'est-ce qu'on fout là ? Voilà où on en était !

Fred – Qu'est-ce que vous attendez de nous, exactement ? Si nous pouvons être utiles, nous sommes tout à fait disposés à collaborer.

Max – On a rien contre la police, je vous assure...

Alex – Parlez pour vous...

Sam – Écoutez... Nous sommes tous dans le même bateau. Ce bateau ne s'appelle pas le Titanic, mais la Terre. Nous savons qu'il entrera en collision avec un énorme bloc de glace dans un mois, il n'y a aucun moyen de l'éviter, il n'existe aucun canot de sauvetage, aucun bateau dans les parages pour venir nous secourir, et il n'y aura donc aucun survivant.

Alex – Et pourquoi nous révéler à nous trois ce prétendu secret d'État, que vous cachez au monde entier depuis au moins dix ans ?

Max – C'est vrai, ça. On ne vous a rien demandé, nous.

Alex – Vous nous mentez sur tout depuis des années, vous auriez pu nous cacher ça aussi.

Fred – Le moment est venu de nous dire pourquoi nous sommes là.

Sam – Vous êtes là pour nous donner votre avis. Votre avis sur la meilleure façon de gérer ce dernier mois avant la fin du monde.

Alex – C'est la meilleure, celle-là. Depuis plus d'une décennie, on décide de tout à notre place. Et maintenant qu'on va tous mourir, c'est nous qui allons gérer la fin de vie de l'Humanité ? J'imagine que les obsèques seront à notre charge, aussi ?

Alex – Mais on va rester enfermés ici combien de temps ?

Fred – Si on va mourir, on voudrait au moins revoir les gens qu'on aime, et passer avec eux le temps qui nous reste à vivre.

Max – Vous n'allez quand même pas nous garder en prison jusqu'à la fin du monde !

Sam – Rassurez-vous, on ne vous retiendra pas pendant très longtemps. Compte tenu des circonstances, le temps presse de toute façon. Vous avez une heure pour décider.

Alex – Décider... Alors c'est nous qui décidons, maintenant ?

Sam – Disons que... votre avis sera pris en compte, et il sera déterminant.

Max – Mais décider de quoi, au juste ?

Sam – Décider si oui ou non, il faut informer la population de cette fin du monde imminente.

Alex – Et c'est nous qui trancherons pour tout le monde ?

Sam – On vous a choisis au hasard. Vous représenterez... la voix du Peuple Français.

Fred – La voix du Peuple ? À nous trois ?

Sam – Vous serez les seuls à vous exprimer, mais un panel plus important de citoyens écoutera vos arguments et sera appelé à voter.

Max – Et il est où, ce panel de citoyens ?

Sam désigne le public.

Sam – Devant vous.

Stupéfaction générale.

Fred – Non...?

Alex – Alors eux aussi, ils sont retenus là contre leur volonté...

Sam – On les a fait venir ici au prétexte d'assister à un spectacle. Eux non plus ne pourront pas sortir de cette salle avant que nous soyons parvenus à une décision.

Fred – Et comme nous, ils sont coupés du monde.

Sam – Pendant une heure, en tout cas. Les portes de la salle sont fermées, et on leur a demandé d'éteindre leurs téléphones portables. Nous sommes tous réunis pour décider quoi faire du temps qui nous reste jusqu'à la fin du monde.

Un temps.

Fred – C'est une énorme responsabilité...

Sam – En effet.

Alex – Et c'est la France qui va décider seule pour le monde entier ?

Sam – Des réunions comme celles-ci seront organisées un peu partout sur la planète. Les résultats seront centralisés, et on tiendra compte de l'avis de la majorité.

Alex – Et vous ?

Sam – Moi ?

Alex – Vous participerez au débat ?

Sam – Je suis seulement là pour recueillir votre opinion.

Silence.

Fred – Bon... Et vous pouvez nous reposer la question ?

Alex – Qu'on en finisse...

Sam – La question qui se pose est la suivante : doit-on prévenir la population, au risque de provoquer la panique, ou la laisser dans l'ignorance, pour ne pas l'inquiéter inutilement ? C'est ce point qu'il faut trancher. Nous sommes là pour entendre le point de vue et les arguments de chacun.

Silence.

Alex – Je suis pour la transparence. En toutes circonstances. Et quelles que soient les conséquences. Le Peuple a le droit de savoir.

Max – S'il ne nous reste qu'un mois à vivre autant le passer en vacances, et pas au boulot.

Alex – Un mois. On n'a qu'à considérer ça comme le solde définitif de nos derniers congés payés...

Fred semble perdue dans ses pensées. Sam s'adresse à elle.

Sam – Et vous, qu'en pensez-vous ?

Fred – J'ai du mal à penser... J'ai peur, c'est tout... Vous permettez que je prenne un cachet ?

Elle sort un cachet de son sac et l'avale.

Sam – Vous voulez un verre d'eau ?

Noir

Acte 3

Fred reprend peu à peu ses esprits. Alex et Max s'efforcent de faire bonne figure. Sam reste inébranlable.

Sam – C'est parfaitement normal d'avoir peur, chère madame. Moi aussi j'ai peur. Nous avons tous peur. Tous ceux qui savent, en tout cas. Mais nous sommes là pour prendre une décision, et nous avons besoin d'entendre ce que vous avez à dire.

Un temps, pendant lequel Fred tente de mettre de l'ordre dans ses pensées.

Fred – Ne rien dire... c'est un peu comme de cacher à quelqu'un qu'il va mourir pour le ménager. Moi, si j'étais atteinte d'une maladie incurable, et que je n'avais plus qu'un mois à vivre, il me semble que je préférerais le savoir. Pour pouvoir profiter pleinement de mes derniers instants, pour faire le point, le bilan, mettre mes affaires en ordre, bref, me concentrer sur l'essentiel...

Sam – Bien sûr, c'est ce qui vient d'abord à l'esprit. Et cet argument est parfaitement recevable...

Alex – Je sens qu'il y a un mais...

Sam – Mais d'un autre côté, vous l'avez dit : vous avez peur... La perspective d'une mort certaine, à une date annoncée, vous terrifie. Peut-être auriez-vous préféré ne pas savoir...

Fred – Peut-être...

Sam – Et puis... pour reprendre votre comparaison, la personne qui a un cancer et qui n'a plus que quelques semaines à vivre, c'est juste un cas individuel. Quelle que soit la façon dont cette personne réagira à l'annonce de cette mort programmée, ça ne risque pas de bouleverser l'ordre du monde. Là on parle de toute la population de la Terre...

Alex – Vous nous avez dit que vous étiez seulement là pour recueillir notre avis, et vous essayez déjà de nous influencer.

Sam – Je ne participerai pas au vote. Mon rôle est d'animer le débat, afin que tous les aspects du problème soient évoqués et que la décision soit prise en toute connaissance de cause.

Fred – On vous écoute.

Sam – Réfléchissons un instant. Quand bien même une personne isolée, se sachant condamnée à brève échéance, et n'ayant donc plus rien à perdre, décidait de tuer son patron, de violer sa voisine ou d'attaquer une banque, cela ne relèverait finalement que du fait divers.

Max – Et alors ?

Sam – Projetez ça à l'échelle de toute la population de la planète. Plus personne n'a peur d'aller en prison. La seule chose dont on a peur c'est de mourir, et ça on ne peut pas l'empêcher. Ça va être le chaos...

Silence.

Fred – C'est un risque, en effet... Savoir qu'on peut faire n'importe quoi impunément, puisque de toute façon on va mourir dans un mois...

Max – C'est clair. Ça va être l'anarchie complète.

Alex – En même temps, on n'a jamais vu un patient à qui on vient d'annoncer qu'il est condamné à brève échéance se précipiter chez son voisin avec qui il est en froid pour lui planter un pic à glace dans le dos.

Max – Parce qu'un malade en fin de vie est trop faible pour ça, peut-être. Mais pour une population toute entière en pleine santé...

Sam – Monsieur a raison, hélas. Tous les fondements de l'ordre social vont s'effondrer d'un seul coup. La police, la justice... Il est à craindre que plus aucune loi ne soit respectée.

Fred – Il restera la morale. La religion, pour certains.

Sam – Vous pensez sincèrement que les bons sentiments suffiront à faire respecter la Loi, quand la peur du gendarme aura disparu devant la certitude d'une mort collective imminente ?

Alex – Même quand on est sûr de mourir, il reste toujours en nous un fond d'humanité. Plus encore que de mourir, on a peur de perdre son âme.

Max – Tout le monde ne croit pas en Dieu. Vous y croyez, vous ?

Alex – Non. Mais ce que nous craignons tous, ce n'est pas Dieu, c'est le Diable. Et nous avons autant peur de brûler en enfer, que de faire partie de ceux qui attisent les flammes. La plupart d'entre nous ne veut faire partie ni du camp des victimes, ni de celui des bourreaux.

Sam – On n'a pas toujours le choix de ne pas choisir... Dans les camps de la mort, on proposait à certains prisonniers de travailler pour les bourreaux. La plupart acceptaient. Pour sauver leur peau, et survivre quelques semaines de plus. Avec l'espoir d'en sortir finalement vivant...

Alex – Certains en sont sortis, en y laissant leur âme... Imaginez un peu la vie de ceux qui ont survécu à ce prix ?

Max – De toute façon, là on nous dit qu'on n'a aucune chance de s'en sortir.

Fred – Tant qu'il y a de la vie, il y a de l'espoir. Un condamné à mort, jusqu'au dernier instant, il attend la grâce présidentielle, même s'il est sûr qu'elle ne viendra pas.

Max – On peut toujours espérer un miracle, c'est sûr...

Fred – On ne peut pas vivre sans espoir, même quand le pire est presque certain. Quand on n'a plus d'espoir, on est déjà mort. Moi je garderai un peu d'espoir, jusqu'au dernier moment...

Un temps.

Max – Ouais... Enfin, c'est vrai que moi... si je n'avais plus qu'un mois à vivre et que j'étais sûr de ne pas avoir de comptes à rendre après, il y en a bien un ou deux à qui je ferais la peau... À commencer par mon beau-frère.

Fred – Je croyais que vous n'étiez pas marié...

Max – Mon beauf ! Le mari de ma sœur !

Fred – Ne vous énervez pas... Je disais ça comme ça.

Alex – En même temps, tuer un type qui va mourir dans un mois, est-ce que ça vaut la peine ?

Max – Pour le plaisir, alors...

Sam – Voilà... Le mot est lâché... Pour le plaisir...

Fred – Eros et Thanatos...

Sam – Tous les psychanalystes vous diront que la peur de la mort et le désir sexuel sont étroitement liés.

Max – Eh, je parlais juste de zigouiller mon beauf. Je n'ai jamais dit que je voulais coucher avec lui !

Alex – Éros et Thanatos... Vous délirez... Bientôt vous allez nous dire que la fin du monde sera ponctuée par un gigantesque orgasme collectif.

Sam – Je pensais plutôt à un déchaînement de violence contre les plus faibles. Les femmes, les enfants... La perspective d'une mort certaine risque de libérer en l'Homme ses pires instincts.

Alex – Tout ça, ce ne sont que des fantasmes... Vos voisins, vous les connaissez. Vous pensez vraiment que s'ils savaient qu'ils allaient mourir dans un mois, ils se précipiteraient chez vous demain pour vous violer et vous tuer ?

Fred – Je ne sais pas... Mes voisins sûrement pas.

Max – Mais les voisins de vos voisins ?

Fred – Je vois... Et les voisins des voisins des voisins... Ceux qui habitent de l'autre côté du périphérique, ou de l'autre côté de la frontière... Les banlieusards, les étrangers...

Max – Les banlieusards, les étrangers... C'est souvent les mêmes...

Alex – Je vois...

Max – Et même votre voisin... Toutes les petites saloperies qu'il s'autorise quand vous avez le dos tourné... Comme de mettre ses ordures dans votre poubelle devant chez vous pour ne pas se donner la peine de sortir la sienne... Ou quand il vous mate discrètement depuis sa fenêtre quand vous êtes sous la douche et que vous avez oublié de tirer les rideaux.

Alex – Vous parlez d'expérience, on dirait...

Max – Je vous emmerde.

Fred – Allons, restons courtois.

Sam – Et revenons-en plutôt à la question qui nous occupe. On ne peut pas savoir, évidemment. Mais l'ordre social repose avant tout sur la menace de la sanction : une peine de prison ou tout simplement la honte de voir un comportement déviant condamné par ses proches, ses voisins et par l'ensemble de la société. Levez ce frein, et le pire est à craindre.

Fred – Vous avez raison. Ça va être la loi de la jungle, c'est-à-dire la loi du plus fort. Et ce seront les plus faibles qui en seront les victimes.

Alex – Il vous restera l'armée, non ?

Sam – Les militaires sont aussi des hommes. Ils n'obéissent aux ordres que par obligation et pour toucher leur solde. Dans le meilleur des cas par devoir et pour protéger la société. Si cette société est de toute façon condamnée à court terme, croyez-vous vraiment qu'ils seront toujours prêts à sacrifier leurs vies pour le maintien de l'ordre ?

Max – Donc à votre avis, il vaut mieux cacher la vérité ?

Sam – Je ne sais pas... La véritable question, c'est de savoir si en disant la vérité, on ne va pas faire de ce dernier mois de l'histoire de l'Humanité un véritable enfer.

Alex – Mais nous ne sommes pas des enfants ! Le Peuple a le droit de savoir ! Pour préserver l'ordre à tout prix, jusqu'au dernier moment, doit-on maintenir l'Humanité dans l'ignorance de sa disparition ?

Sam – Ce n'est pas seulement une question de maintien de l'ordre, vous avez raison. C'est aussi une question d'éthique. C'est pourquoi il est important d'en débattre.

Alex – Protéger la population de la peur de l'apocalypse, et du chaos qui risque de la précéder... Très bien. Mais de toute façon, si tout le monde va mourir, qu'est-ce que ça change au final ? Moi je préfère savoir...

Max – D'ailleurs, j'imagine qu'à partir d'un certain moment, il sera impossible de cacher la vérité, non ? Quand cet astéroïde sera à l'approche de la Terre...

Sam – Cette bombe à retardement fonce vers nous à une vitesse vertigineuse, et même si sa dimension est suffisante pour nous détruire, elle n'a pas du tout la taille d'une planète. D'après les scientifiques, vingt-quatre heures avant l'impact, rien ne sera encore visible à l'œil nu.

Alex – Au prétexte de nous protéger contre le terrorisme et contre les épidémies en tout genre, vous nous avez déjà imposé une militarisation de la société, qui repose sur une infantilisation de la population. Parce que les gens ont peur de tout, ils sont prêts à accepter n'importe quoi. On a commencé par leur mettre un bâillon sur la bouche, vous prétendez maintenant leur mettre un bandeau sur les yeux, pour leur éviter de voir la mort en face ?

Sam – Moi non plus je n'ai pas de certitude. Nous sommes là pour en discuter. Et pour prendre une décision... Qu'en pensent les autres ?

Max – Je ne sais pas...

Fred – Je ne sais plus. Nous ne sommes pas des enfants, d'accord. Mais justement. Aux enfants, qu'est-ce qu'on va leur dire ?

Max – C'est vrai que ça pose aussi cette question. Peut-on cacher ça aux enfants alors que leurs parents sauront la vérité ?

Fred – Et à partir de quel âge faudra-t-il leur dire ?

Sam – Vous comprenez maintenant que tout ça n'est pas si simple...

Alex – Certes, mais cacher la vérité, c'est aussi le choix d'une élite, non ?

Max – Expliquez-vous.

Alex – À part nous et les gens qui sont dans cette salle, si on décide finalement de cacher la vérité à l'ensemble de la population, seuls quelques privilégiés sauront. Le Peuple, lui, il sera tenu dans l'ignorance. Et il continuera à mener sa petite vie de merde comme si de rien n'était, pendant que cette élite se préparera au grand soir, en prenant du bon temps ou en priant le bon Dieu selon ses préférences.

Sam – Ça se discute, en effet.

Alex – Vous présumez que le Peuple plongerait le monde dans le chaos si on le mettait au courant, tandis que l'élite, elle, garderait son calme et profiterait tranquillement de ses derniers instants. Pourquoi ? Parce que cette élite est supposée plus responsable ?

Sam – Je ne sais pas...

Alex – Parce que l'élite a déjà tout, voilà pourquoi. Et qu'elle a donc tout à perdre si un chaos devait résulter de l'annonce de cette fin du monde imminente. Le Peuple, lui, il n'a rien. Il n'a donc rien à perdre. Que craignez-vous, exactement ? Que les trains n'arrivent plus à l'heure ? Que les ouvriers arrêtent d'aller pointer à l'usine ? Que les magasins soient pillés ? Qu'il y ait un crack boursier ? C'est ça votre principal souci ? Que tout reste bien en place jusqu'à l'explosion finale ?

Silence.

Sam – J'entends vos arguments, et ils sont tous respectables. Mais il faut bien prendre une décision. Alors vous, vous trois, personnellement, si vous aviez eu le choix, vous auriez préféré savoir ou ne pas savoir ?

Fred – J'aimerais pouvoir vous répondre, mais franchement... je ne sais pas.

Max – De toute façon, pour nous c'est trop tard. Vous ne nous avez pas laissé le choix.

Fred – Moi, finalement... je crois que j'aurais préféré ne pas savoir.

Alex – À moins que tout ça ne soit encore des conneries. Pour nous embrigader un peu plus.

Sam – Quoi qu'il en soit, dans un mois très exactement, vous saurez si on vous a menti ou pas. En attendant, puisque vous êtes là, si cela peut vous rassurer, considérez ça comme un exercice d'école. Au fond ça ne change rien à notre débat.

Fred – Je crois que si. La réponse que chacun de nous donnerait à votre question ne serait pas la même si elle était purement théorique.

Alex – Vous croyez ?

Fred – Si la question est seulement théorique, on a tendance à raisonner, comme vous, à partir d'un monde idéal, dans lequel la majorité des gens continueront jusqu'à la fin à se comporter en bons citoyens. Mais si tout ça devait devenir une réalité... Êtes-vous vraiment prête à parier sur la bonté de la nature humaine ? Et sur la bienveillance supposée de cette abstraction que vous appelez le Peuple ?

Max – Elle a raison. Vous croyez sincèrement que les gens du Peuple, comme vous dites, sont fondamentalement meilleurs que les privilégiés qui nous exploitent et les salopards qui nous gouvernent ?

Alex – Je ne sais pas...

Fred – Tous les hommes se ressemblent, surtout dans ce qu'ils ont de pire. Certains ont la chance d'être nés du bon côté du périphérique, c'est tout. Mais les autres ne rêvent que de prendre leur place. Pas de supprimer le périphérique.

Un temps.

Fred – C'est curieux, d'ailleurs. On sait tous qu'on va mourir un jour. Tôt ou tard. Que ce soit dans vingt ans ou dans un mois. Mais en général, tant qu'on ne connaît pas là date de l'échéance, on gère sa vie comme si on était immortel. En tout cas, on ne vit pas avec ce sentiment d'urgence.

Alex – C'est ce qui permet à nos gouvernants de nous faire avaler autant de choses. Si les gens vivaient comme s'ils allaient mourir dans quelques semaines, ils n'accepteraient pas tout ce qu'on leur fait subir.

Fred – D'ailleurs, tout est fait pour escamoter la mort, dans notre société, pour la rendre la plus abstraite possible. Nous mourrons tous, pour la plupart sans avoir jamais vu un cadavre de notre vie. La mort n'est pas seulement un tabou, c'est un secret d'État.

Max – Et quand on nous brandit une menace de mort, c'est uniquement pour contrôler nos vies. Comme si la mort, au final, on pouvait vraiment l'éviter !

Sam – Tout ça, c'est le passé. Mieux vaut ne pas trop entrer dans un débat purement philosophique. Nous sommes là pour prendre une décision. C'est oui, ou c'est non. Il n'y a pas d'entre deux.

Max – On n'a pas été préparés pour prendre ce genre de décisions. On n'est pas des spécialistes.

Sam – Personne n'est formé pour affronter une telle situation, qui ne s'est jamais présentée, et qui ne se représentera pas. Puisque dans un mois, nous serons tous morts...

Un temps.

Fred – Quelle horreur... Et quand je pense que j'ai laissé mon chat tout seul à la maison. Lui, au moins, il ne se doute de rien.

Max – Pas sûr... On dit que les animaux ont un sixième sens pour prévoir ce genre de catastrophes...

Fred – Vous avez raison... Lors du dernier tsunami, par exemple, il paraît que...

Sam – Le temps presse... Quelqu'un a-t-il quelque chose d'autre à ajouter ?

Fred – Non.

Max – Moi non plus.

Alex – J'ai dit ce que j'avais à dire.

Sam – Très bien, alors on va passer au vote, à main levée.

Alex – Et vous ?

Sam – Je ne voterai pas. Vous êtes trois, il y aura forcément une majorité. Les abstentions ne sont pas acceptées.

Max – D'accord, alors finissons-en.

Sam – Une dernière chose. Si c'est le secret qui l'emporte, vous devrez tous vous y conformer. Vous ne devrez rien à dire à personne, même à vos proches. Quel que soit votre choix personnel.

Alex – Et si on parle quand même ?

Sam – Ce n'est pas une plaisanterie, chère madame, et je serai très clair avec vous. Dans ce cas, nous savons où vous retrouver pour vous faire taire définitivement.

Alex – C'est votre conception de la liberté d'expression et de la démocratie...

Sam – Il n'est plus temps d'en discuter, nous allons procéder au vote. Qui est pour la vérité ?

Hésitation. Alex lève la main.

Sam – Une voix. Qui est pour le secret ?

Alex – J'appellerais plutôt ça le mensonge. Le mensonge d'État.

Fred et Max lèvent la main.

Sam – Le secret est adopté, par deux voix contre une.

Alex – On peut se barrer, maintenant ?

Sam – Pas encore, ce n'est pas tout à fait fini. Il faut faire voter le public aussi. Il a entendu vos arguments. C'est à lui de s'exprimer maintenant.

Alex – Le public ?

Sam – Le public, oui. Je veux dire le panel. Alors... Mesdames et messieurs... Que ceux qui sont pour la vérité à tout prix lèvent la main ?

Une partie du public lève la main.

Sam – Qui est pour le secret ?

Une partie du public lève la main.

Sam – Une majorité pour la vérité *(ou pour le secret selon les cas).*

Alex – Ça y est ? On est libres ? Si j'ose encore employer ce mot...

Sam – On viendra vous chercher dans un instant pour vous raccompagner chez vous.

Max – Le plus tôt sera le mieux...

Le portable de Sam sonne.

Sam – Excusez-moi.

Il sort pour répondre à l'appel.

Fred – Alors c'est aussi simple que ça ?

Max – Ouais...

Fred – On savait tous qu'il faudrait bien mourir un jour, mais on ne se doutait pas que ce serait tous en même temps.

Alex – Et qu'on nous donnerait la date exacte quelques semaines avant.

Max – Un mois avant le dépôt de bilan.

Fred – À partir d'aujourd'hui, chaque jour qui passe représentera un an de notre vie.

Un temps.

Max – Comment vous avez calculé ça, exactement ?

Alex – Peu importe... Ce qu'elle veut dire c'est que maintenant, chaque minute compte.

Max – Ouais... Où est-ce que vous voudriez passer votre dernière journée, vous ? Au lit en bonne compagnie ? À la plage ? Dans une église ?

Alex – Finalement, que ce soit la dernière journée ou pas... C'est une question qu'on devrait se poser tous les jours, non ? Que faire de sa vie en se levant chaque matin...

Max – La plupart des gens, en se levant le matin, ils se demandent surtout comment ils vont payer le crédit de leur maison jusqu'à leur départ en retraite. En espérant qu'ils en auront une, de retraite. Parce que moi...

Sam revient.

Sam – Désolé, il y a un contre-ordre.

Max – Un contre-ordre ?

Sam – Le Président pense que c'est trop dangereux de vous laisser partir avant que la décision soit prise au niveau mondial.

Alex – Dangereux ? Et pourquoi ça ?

Sam – Nous craignons qu'il y ait une fuite et que la rumeur se propage de façon totalement incontrôlée.

Max – Si c'est vraiment la fin du monde, tôt ou tard, les gens finiront bien par s'en apercevoir, non ?

Sam – Même si au bout du compte nous décidons d'informer la population, il est important de la préparer psychologiquement à l'annonce de cette catastrophe.

Alex – Comment peut-on se préparer psychologiquement à la fin du monde ? J'aimerais bien voir ça...

Fred – Alors nous sommes condamnés à rester ici jusqu'à la fin de la consultation ?

Max – Et combien de temps ça va prendre encore, toutes ces conneries ?

Sam – Une semaine environ.

Max – Une semaine !

Fred – Ce n'est pas possible...

Sam – Je regrette, mais j'ai reçu des consignes.

Alex fait un pas en avant.

Alex – Et si on veut partir quand même...?

Sam sort son pistolet et le braque sur elle.

Sam – Restez où vous êtes.

Alex – Vous ne tirerez pas.

Sam – C'est vrai, dans le monde d'avant, je n'aurais sans doute pas tiré. Mais je vous assure que maintenant j'en suis capable.

Max – Qu'est-ce que vous allez faire ? Nous tuer tous ? *(Désignant le public)* Et eux aussi ?

Sam – J'attends des instructions... Pour l'instant, vous allez rester sagement ici. Essayez de vous détendre un peu. Il y a aussi des apéritifs et des cacahuètes dans le réfrigérateur... On vous servira un repas tout à l'heure...

Il sort.

Alex – Je vous l'avais dit, on ne peut pas leur faire confiance.

Fred – En même temps, il ne s'agit pas seulement de nous.

Max – Alors vous les défendez ?

Fred – Non, mais je suis de son avis. Il faut se garder de toute précipitation, pour éviter les débordements.

Alex – Les débordements ? On parle d'un astéroïde qui va s'écraser sur la Terre en dégageant une puissance de plusieurs millions de fois la bombe d'Hiroshima. Et vous, vous craignez seulement qu'il y ait quelques débordements ?

Fred – Vous faites semblant de ne pas comprendre. Vous voulez-vous vraiment que ce dernier mois sur Terre soit un enfer ? Surtout pour les plus faibles. Les enfants, notamment...

Alex est visiblement sensible à ces arguments.

Alex – Très bien. Et qu'est-ce que vous proposez ? On se laisse abattre les uns après les autres, comme des moutons à l'abattoir ?

Fred – Je ne sais pas.

Max – Tant que c'est lui qui a le flingue, de toute façon...

Alex – Alors qu'est-ce qu'on fait ?

Un temps.

Max – Si on commençait par prendre l'apéro ?

Sam revient.

Sam – Il y a du nouveau.

Alex – Quoi encore ?

Sam – Je vous préviens, ça ne va pas être facile à croire non plus. Même pour moi, c'est assez dur à avaler.

Max – Dites toujours...

Sam – On vient de recevoir un signal extraterrestre...

Stupéfaction générale.

Noir

Acte 4

Alex, Fred et Max tentent de reprendre leurs esprits face à Sam, qui reste impassible.

Alex – Un signal extraterrestre ? C'est une blague ?

Sam – Je sais, c'est incroyable. Mais vous savez, depuis quelque temps, je ne m'étonne plus de rien.

Alex – Sans blague...

Sam – On sait que la fin de la vie sur Terre est une probabilité, pour ne pas dire à terme une certitude, dont on ignore seulement la date. Et pourtant on considère ça comme de la science-fiction.

Fred – On sait aussi qu'il est extrêmement improbable que nous soyons les seuls représentants de la vie dans l'univers, et pourtant on considère aussi les extraterrestres comme de la science-fiction.

Max – Et comment ils vous ont contactés ? Ils vous ont envoyé un pigeon voyageur ?

Sam – Comme vous le savez, un institut américain, le SETI, se consacre exclusivement depuis les années soixante à l'écoute d'éventuelles communications venues de l'espace.

Fred – Preuve que ce n'est pas une hypothèse aussi farfelue que ça...

Sam – C'est eux qui ont capté ce message.

Alex – Ça fait plus d'un demi-siècle qu'ils écoutent le ciel. On n'a jamais rien entendu, et tout d'un coup, un mois avant la fin du monde...

Sam – Justement... Devant l'imminence de la catastrophe, ils ont décidé d'entrer en contact avec nous.

Max – Pour quoi faire ? Pour nous dire au revoir ?

Sam – Ils proposent de sauver quelques-uns d'entre nous. Pour que l'espèce humaine puisse continuer à exister, même si ce n'est pas sur la Terre qui l'a vue naître.

Alex – Sauver l'espèce humaine ? On finit par se demander si ça en vaut bien la peine...

Fred – Et comment ils comptent s'y prendre pour secourir ces quelques privilégiés ?

Sam – Ils proposent de venir les chercher, avec un vaisseau spatial.

Alex – Ben voyons. Une arche de Noé de l'espace maintenant... On aura tout entendu...

Sam – Ils pourront seulement emmener avec eux quelques milliers d'adolescents.

Alex – Des ados...

Sam – Des sujets plus âgés ne pourraient pas se reproduire pour perpétuer l'espèce, et des enfants trop jeunes auraient du mal à supporter un tel voyage. De jeunes adultes s'adapteront plus facilement à leur nouveau cadre de vie.

Fred – Une autre planète, donc.

Alex – Ben oui, si la Terre est détruite...

Max – Très bien. Et qu'est-ce qu'on a à faire là-dedans, nous. Malheureusement, on n'est plus des ados depuis longtemps.

Sam – Il faut maintenant choisir quel lycée sera sauvé.

Fred – Un lycée ?

Max – Pourquoi un lycée ?

Sam – Ces lycéens seront déjà regroupés en un seul endroit. Ce sera plus facile pour venir les chercher.

Alex – Tant mieux pour ceux qui seront choisis. Mais en quoi ça nous regarde ?

Sam – Nous avons la responsabilité de désigner le lycée qui sera sauvé... Pour ce qui concerne la France en tout cas.

Fred – La France ?

Sam – Un établissement scolaire sera désigné pour chaque pays. Pour avoir une diversité de population suffisante, j'imagine.

Alex – Vous n'avez qu'à le choisir au hasard.

Sam – C'est une possibilité, en effet.

Fred – Pourquoi ? Il y en a une autre ?

Sam – On pourrait choisir le meilleur lycée de France.

Fred – Le meilleur ?

Sam – Celui qui a les meilleurs résultats au bac, par exemple.

Alex – Je vois... L'un de ces lycées privés catholiques où vont vos enfants, j'imagine.

Sam – Et les vôtres, ils vont où ?

Alex – Je n'ai pas d'enfants, et vous le savez très bien. Aucun de nous ici n'a d'enfants. C'est pour ça que vous nous avez choisis ?

Sam – Pas seulement...

Un temps.

Fred – L'excellence ou le hasard ?

Sam – Voilà. Il va falloir à nouveau faire un choix.

Fred – Ce n'est pas humain de nous demander ça... Comment choisir parmi tous ces jeunes les quelques privilégiés qui seront sauvés ?

Sam – Il faut pourtant décider. Sinon, c'est l'Humanité toute entière qui s'éteindra.

Alex – Pour ma part, je serais assez favorable à cette option.

Sam – Nous n'avons pas de temps à perdre. Ils veulent le nom de ce lycée avant demain. Après, il sera sans doute trop tard...

Alex – L'excellence, on sait ce que ça veut dire. C'est lié à la sélection sociale. Comme par hasard, les meilleurs lycées sont situés dans les beaux quartiers.

Fred – D'un autre côté, si l'Humanité doit perdurer, autant que ce ne soit pas avec des jeunes qui n'ont que deux cents mots de vocabulaire, qui écrivent en phonétique, et qui n'ont jamais rédigé un texte plus long qu'un SMS.

Alex – C'est vous qui dites ça ? Alors que vous êtes enseignante ? Bravo...

Fred – Vous avez raison, c'est affreux... *(Un temps)* D'un autre côté, il faut être réaliste...

Sam – Nous n'avons plus de temps pour en débattre, hélas. Passons directement au vote... Qui est pour l'excellence ?

Fred hésite, puis lève la main.

Sam – Qui est pour le hasard ?

Alex et Max lèvent la main.

Sam – Voyons ce qu'en pense le public. Les partisans de l'excellence, d'abord. Ceux qui sont pour sauver le meilleur lycée de France, levez la main. Les partisans du hasard maintenant. Ceux qui sont pour tirer au sort le lycée qui sera sauvé ? Très bien. L'excellence l'emporte *(ou bien le hasard)*. Merci pour votre contribution... *(Son portable sonne, et il répond tout en s'éloignant vers les coulisses.)* Oui... Je vous écoute...

Il sort. Silence.

Alex – Cette fois, tout le monde aura compris que c'est une farce, non ?

Les deux autres semblent perplexes.

Max *(au public)* – Qu'est-ce que vous en pensez, vous ? C'est vrai ou pas ?

Éventuelle petite improvisation pour répondre à un ou plusieurs spectateurs.

Fred – Je ne sais plus ce qu'il faut croire...

Max – Après tout, c'est possible, non ?

Fred – Comme il disait, il y a des tas de trucs qu'on a tendance à considérer comme de la science-fiction tant que ce n'est pas vraiment arrivé.

Max – Comme cette pandémie mondiale, par exemple. Et ses conséquences... Si on vous avait raconté ça avant que ça arrive, vous l'auriez cru ?

Alex – Probablement pas...

Fred – Je ne sais pas pourquoi, mais j'ai l'impression que c'est vrai.

Alex – Ces gens nous mentent depuis dix ans ! En fait ils nous ont toujours menti.

Fred – C'est tellement énorme... que ça pourrait être vrai.

Max – Qu'est-ce qu'on risque à jouer le jeu ?

Alex – Donc vous êtes d'accord, c'est un jeu.

Fred – La question ce serait plutôt... est-ce qu'on a le choix de ne pas jouer ? Vous avez vu ? Ils sont prêts à nous tuer...

Sam revient.

Sam – La situation a évolué...

Alex – Vu la situation de départ, ça ne peut être qu'en mieux, j'imagine.

Sam – En effet, même si nous ne sommes encore sûrs de rien.

Fred – Et alors ?

Sam – Contre toute attente, le danger a légèrement diminué.

Max – Vous nous avez annoncé la fin du monde comme une certitude absolue. Comment le danger aurait-il pu diminuer ?

Sam – L'astéroïde qui nous menace est entré en collision avec un autre objet céleste. Il a éclaté en plusieurs morceaux. Mais un énorme fragment se dirige toujours vers notre planète...

Fred – Quelle taille ?

Sam – Une centaine de mètres.

Max – C'est mieux, non ?

Sam – Oui, mais c'est encore suffisant pour mettre fin à toute vie sur Terre. À moins que ce fragment n'éclate lui-même en plusieurs morceaux. Mais surtout...

Fred – Quoi ?

Sam – L'explosion a considérablement augmenté la vitesse à laquelle se déplace ce débris. Il fonce sur nous à la vitesse de la lumière ou presque.

Max – Combien de temps avant la collision ?

Sam – D'après les nouveaux calculs... une semaine environ.

Alex – Et vous appelez ça une amélioration...

Sam – C'est l'hémisphère sud qui va être frappé de plein fouet. Mais les conséquences sur le reste du monde seront terribles. Tremblement de terre, tsunami géant...

Max – Mais si je comprends bien, pour ce qui est de la fin du monde, ce n'est plus une certitude ? On a encore une chance de s'en sortir ?

Sam – Une partie de la population pourrait survivre en se terrant dans des abris ou en se réfugiant au sommet des montagnes.

Alex – Donc on n'a plus qu'une semaine pour s'organiser. Et si on ne prévient personne, le bilan sera beaucoup plus lourd.

Fred – Qu'est-ce que vous attendez de nous ?

Sam – Il faut reconsidérer notre décision compte-tenu de ces nouveaux éléments...

Fred – Je ne sais plus quoi penser...

Sam – Si nous divulguons cette information tout de suite, ça va être la panique. Toute la population de l'hémisphère sud va se précipiter vers l'hémisphère nord. Et dans notre hémisphère, ça va être la ruée vers les montagnes.

Alex – J'imagine que les gens comme vous ont tous un chalet à Megève ou en Suisse.

Fred – Ceux qui n'auront pas pu fuir vers les montagnes vont s'entretuer pour accéder au sommet des collines, aux étages supérieurs des tours...

Max – En espérant qu'elles ne soient pas emportées par les eaux, elles aussi...

Alex – Mais si on ne dit rien à personne, seuls quelques privilégiés bien informés prendront les précautions qui s'imposent pour avoir une chance de survivre.

Sam – Certes... Quoi qu'il en soit, on ne pourra pas sauver tout le monde.

Fred – Alors il va falloir revoter ? Mais sur quoi ?

Sam – Cela ne sert plus à rien de se précipiter. La situation évolue d'heure en heure. Pour ne pas dire de minute en minute. *(Son portable sonne, et il répond.)* Oui... D'accord... Vous me rappelez dès que vous avez du nouveau... *(Il range son portable.)* Les scientifiques ont encore affiné leurs calculs. Il n'y a plus qu'une chance sur dix pour que la Terre soit frappée par ce débris d'astéroïde.

Max – Tout ça pour ça...

Alex – Et les petits hommes verts ?

Fred – Et ce lycée à décentraliser dans une autre galaxie ?

Sam – Je n'ai pas de nouvelles de ce côté-là...

Fred – C'est peut-être eux qui ont fait exploser cet astéroïde pour nous protéger...

Sam – C'est une hypothèse, en effet. *(Le portable de Sam sonne, et il répond.)* Sam... Oui... OK... D'accord, je m'en occupe...

Il range son portable, semblant ébranlé. Les trois autres attendent avec angoisse qu'il se décide à parler.

Max – Alors ?

Sam – On vient de m'informer que tout danger est à présent écarté... Ce qui reste de cet astéroïde passera bien au-delà de l'orbite de la Lune. Il n'y aura donc aucune conséquence pour notre planète, et la population ne se rendra compte de rien.

Silence, entre consternation et soulagement.

Fred – Alors c'est fini ?

Sam – Oui. On dirait...

Alex applaudit lentement et sans bruit avec un air ironique.

Alex – È finita la commedia...

Max – On va pouvoir reprendre notre petite vie de merde, alors ? Comme avant... Je serais presque déçu...

Fred – C'est vrai... Avec tout ça, je n'ai jamais eu la sensation d'être aussi vivante de toute ma vie.

Max – Comment vous disiez, déjà ? Éros et Thanatos... Bientôt elle va nous dire qu'elle a eu un orgasme...

Fred – Je vous dirais bien que j'ai ce qu'il faut à la maison, mais malheureusement, il n'y a que mon chat qui m'attend là-bas.

Max – S'il n'y a que ça, ça peut toujours s'arranger... Je suis libre, moi aussi...

Alex – Libre, ça reste à voir...

Les regards se tournent vers Sam, qui reste silencieux.

Fred – Sam ?

Alex – Vous comptez quand même avertir la population de la catastrophe à laquelle elle vient d'échapper, non ?

Sam – La décision a été prise au plus haut niveau. La population ne sera pas avertie.

Fred – Si vous cachez la vérité aux gens et qu'ils l'apprennent malgré tout... Ils vont être furieux. Ils vous demanderont des comptes.

Alex – Puisque la fin du monde n'est plus pour demain, il n'y a plus aucun risque de panique généralisée. Pourquoi maintenir les gens dans l'ignorance ?

Max – Il va encore falloir revoter ?

Sam – Il n'y aura pas de vote. Personne ne sera mis au courant. Et rien de ce qui vient de se passer ici n'a jamais existé.

Alex – Très bien, vous ferez ce que vous voulez... et nous on dira ce qu'on voudra.

Sam – J'ai aussi reçu des instructions là-dessus. Je suis vraiment désolé. Tout cela relève du secret d'État. Nous ne pouvons pas prendre le risque de vous laisser parler...

Alex – Ah oui ? Et qu'est-ce que vous comptez faire pour nous en empêcher ? Nous tuer ?

Fred – Vous ne pouvez pas faire ça ! Vous êtes de la police, non ? Vous représentez la Loi !

Alex – La Loi, c'est eux qui la font depuis longtemps. Vous croyez encore que la police est là pour protéger les citoyens ?

Max – Pourquoi vous donner la peine de nous tuer ? De toute façon, personne ne nous croirait.

Fred – Après tout... il vous suffit de nous dire que tout ça n'était qu'un jeu, et on n'en parlera plus.

Max – Un escape game. Et on a enfin réussi à s'en sortir...

Sam – Je regrette, mais aucun d'entre vous ne sortira d'ici...

Il sort son arme de son étui d'un geste un peu théâtral, façon cow-boy qui dégaine lors d'un duel, mais le pistolet lui échappe des mains et tombe par terre devant lui. Alex s'empare de l'arme et la pointe sur Sam. On peut aussi imaginer une scène burlesque au ralenti, Sam dégainant son arme et Alex se jetant sur lui pour s'en emparer.

Alex – Alors on fait moins le malin, maintenant.

Sam – Qu'est-ce que vous allez faire, me tuer ?

Alex – Ne me tentez pas.

Fred – Ne faites pas ça.

Max – Et pourquoi pas ? Ce salopard voulait nous supprimer tous les trois.

Sam – Vous ne tirerez pas.

Alex – Ah oui ?

Sam – Allez-y, appuyez sur la gâchette.

Alex – Après tout qu'est-ce que je risque ? Vous l'avez dit vous-même, rien de tout ça n'a jamais existé.

Alex hésite.

Sam – Ce n'est pas si facile de tuer un homme, vous savez... Même quand on sait qu'on peut le faire en toute impunité. Des millénaires d'ordre moral, depuis le meurtre d'Abel par son frère Caïn, ça ne s'efface pas en une heure.

Alex – Je vous l'ai dit, je ne suis pas croyante.

Fred – Je vous en prie, lâchez cette arme...

Max – Pour que ce soit lui qui nous tire dessus ? Pas question. Allez-y, tirez ! Si on a une chance de s'en sortir, autant essayer...

Alex hésite encore avant de baisser son arme.

Alex – OK, je ne tirerai pas... Pas tout de suite. Mais je garde cette arme sur moi, et si vous essayez de me la reprendre, croyez-moi, je saurai m'en servir.

Sam – De toute façon, peu importe. Vous pouvez tirer, vous ne me tuerez pas.

Alex – Vraiment ?

Sam – Sauf si je décide de faire le mort, bien sûr.

Max – Vous vous croyez immortel, c'est ça ?

Fred – Ou alors, il a un gilet pare-balles.

Sam – Cette arme n'est pas chargée.

Alex – Vous mentez encore.

Sam – C'est vrai, je mens.

Un temps.

Fred – Une phrase plutôt difficile à interpréter.

Max – Quoi ?

Fred – C'est vrai, je mens, il a dit. Si c'est vrai, c'est qu'il ne ment pas.

Alex – Et s'il ment, c'est que ce n'est pas vrai.

Max – C'est un peu trop compliqué pour moi...

Sam – De toute façon, ce n'est pas un véritable pistolet.

Alex – Sans blague...

Sam – C'est un accessoire de théâtre...

Max – Un accessoire ?

Un temps.

Alex – Alors d'après vous, on serait au théâtre, maintenant ?

Max – Il nous aura tout fait...

Fred – Mais enfin, c'est impossible, tous les théâtres sont fermés depuis des années à cause de la pandémie.

Sam – Presque tous, en effet. Mais certains font de la résistance. À l'insu des autorités sanitaires et policières.

Alex – Donc... on était en train de jouer une pièce ?

Sam – Et la pièce est finie. On va vous applaudir, enfin j'espère, vous regagnerez votre loge, et après vous pourrez rentrer chez vous. Personne ne va mourir. Enfin pas aujourd'hui. Le spectacle est terminé.

Fred – Donc, vous n'êtes pas flic ?

Max – Mais alors... qui êtes-vous ?

Sam – Je suis le metteur en scène.

Alex – Alors tout ça, c'était faux...

Sam – Non, c'était faux, et c'était la vérité. C'était du théâtre.

Max – Mais nous ne sommes pas des comédiens !

Sam – On vous a sélectionnés pour participer à un spectacle improvisé. Tous ces gens sont des spectateurs.

Fred – C'est donc vous qui bravez la Loi. Toutes les représentations de théâtre sont strictement interdites.

Sam – J'appartiens à une organisation secrète, qui essaie de faire revivre clandestinement le spectacle qu'on disait autrefois vivant...

Alex – Et on est où ?

Sam – Nous sommes au Théâtre... *(On citera ici le nom du théâtre où se joue la pièce).*

Un temps.

Fred – Le théâtre... Il y a déjà tellement longtemps qu'on n'y va plus...

Max – On ne sait même plus à quoi ça servait.

Sam – À rien... À réfléchir...

Max – Réfléchir à quoi ?

Sam – Au sens de la vie, par exemple...

Fred – C'est vrai qu'après tout ça, je crois que je verrai la vie autrement.

Sam – Qu'on meurt dans un mois ou dans trente ans, qu'on meurt chacun dans son coin ou tous ensemble, finalement, qu'est-ce que ça change ?

Fred – La question c'est de savoir ce qu'on veut faire du reste de notre vie.

Max – La question ? Et c'est quoi la bonne réponse ?

Sam – Au théâtre, il n'y a pas de bonnes réponses. Il n'y a que de bonnes questions.

Alex – Quoi qu'il en soit, il ne faut jamais renoncer à vivre de peur d'en mourir.

Fred – Et quand le rideau tombera, et que nous quitterons la scène, sous les applaudissements ou sous les sifflets, qu'au moins nous ayons joué pleinement le rôle de notre vie.

Ils se placent tous les quatre face au public pour les saluts.

Sam – Mesdames et messieurs, la représentation à laquelle vous venez d'assister est bien sûr totalement illégale, donc en sortant d'ici, même si ça vous a plu, n'en parlez surtout à personne. Merci d'avance pour votre discrétion...

Noir.

Fin

Octobre 2020